E. Leguay sculp. Imp. Gilquin et Dupain r. de la Calandre 19 Paris

M. BERTIN.

Ferd. SARTORIUS Edit. 9. rue Mazarine

Je recommande vivement à M. le Comte de Montalivet le sieur Giron. Il y a tel membre de France qui l'a été à meilleur marché. Je demande pour lui une place d'adjudant de Palais.

Bertin l'aîné rédacteur en chef du journal des Débats.

Collection de M. Félix Drouin

Paris, Ferd. Sartorius éditeur, 9, r. Mazarine. Imp. Villain, r. de Sèvres, 45, Paris.

PORTRAITS HISTORIQUES

Au dix-neuvième siècle.

48

LES JOURNAUX

ET

LES JOURNALISTES

SOUS L'EMPIRE ET SOUS LA RESTAURATION.

PAR

HIPPOLYTE CASTILLE

PARIS

FERDINAND SARTORIUS, ÉDITEUR,

9, RUE MAZARINE, 9.

1858

PARIS
IMPRIMERIE DE L. TINTERLIN ET Ce,
RUE Ne-DES-BONS-ENFANTS, 3.

LES JOURNAUX

ET

LES JOURNALISTES

SOUS L'EMPIRE ET SOUS LA RESTAURATION.

Quand le gazetier Renaudot imagina de réunir dans un recueil hebdomadaire les nouvelles de la cour de France et des pays étrangers, il ne se doutait pas qu'il créait ce qu'on nommerait plus tard, en 1830, par exemple, le quatrième pouvoir de l'État.

Pour que la presse périodique, comme la propriété, sortît d'ailleurs de ses langes, il a fallu qu'une révolution formidable vînt renverser de fond en comble les institutions du royaume de France.

L'état des finances, l'impossibilité de mettre les recettes à la hauteur des dépenses, l'épuisement de toutes les sources d'impôt, la crise qui en résulta et qui usa successivement Turgot, Necker, Calonne, Brienne, le manque absolu de moyens de gouvernement, en forçant le chef de l'État de recourir à l'opinion publique, afin d'y puiser la force d'opérer les réformes qui pouvaient rendre la vie au pouvoir, fondèrent l'autorité de la presse. Le jour où l'on eut fait appel aux publicistes sur la question du doublement du Tiers-État, le règne de la pensée fut inauguré.

Dès lors, les soixante années de notre histoire, comprise entre 1789 et 1848, offriront le spectacle d'une lutte dans laquelle la pensée publique, exprimée par la presse, tantôt victorieuse, tantôt vaincue, tantôt excessive et sans frein, tantôt sage et réellement patriotique, apparaîtra toujours au premier plan des événements.

Il est clair aux yeux de l'observateur impartial de ces grands faits historiques, que l'imprimerie jeune encore et la presse périodique née d'hier, n'ont pas encore trouvé leur assiette. Une histoire à vol d'oiseau de ces luttes des hommes du journalisme jettera un dernier rayon de lumière sur cette galerie de portraits.

L'examen de la presse sous la première république française n'entre pas dans le plan de ce livre, consacré à la première moitié du dix-neuvième siècle. D'autres l'ont fait avec exactitude, avec talent (1).

La presse pendant la révolution, c'est la Tentation de Callot, avec ses monstres horrifiques et grotesques. L'un chevauche sur un balai, l'autre vomit l'épouvante et le désespoir, tel infecte, tel assourdit; celui-ci brame, beugle, mugit; celui-là siffle, cet autre sonne du buccin par le derrière. Tous ces monstres du journalisme, le *Père Duchêne*, la *Bouche de Fer*, l'*Ami du Peuple*, le *Compère Mathieu*, et tant d'autres, comme les gnômes de Callot, armés de pied en cap d'engins de

(1) Voir, notamment, l'*Histoire du Journalisme en France.*

guerre et de ripaille, semblent se ruer en tueries et en noces.

Au milieu de ce pandœmonium se dresse, rouge et gras comme un abattoir, l'échafaud. Aux frontières sont les armées. « Quelle carmagnole on vous fait danser, Autrichiens, Prussiens, Anglais... Victoire, f.....! » s'écrie le père Duchêne.

C'est pourtant au milieu de ce troisième chant de l'Enfer qu'il faut aller chercher la plupart des journaux qui depuis, par le talent, par l'élévation des idées, par la modération du langage, ont, sous divers drapeaux, fait la gloire de la presse française.

Le premier des journaux, par son importance, le *Moniteur universel* (1), est né de la

(1) Le *Moniteur* a été fondé par M. Joseph Panckouke, le célèbre éditeur des œuvres et l'ami de Voltaire. M. Maret, depuis duc de Bassano, en fut, à l'origine, le principal rédacteur. M. le duc de Bassano toucha longtemps une pension de 3,000 fr., pour la part qu'il avait prise à la création de ce grand recueil. Depuis, il la transmit à

Révolution. Et bien que, depuis Robespierre jusqu'à M. Marrast, les hommes d'État qui se sont succédé au pouvoir aient souvent fait du *Moniteur* un instrument de mensonge, bien que l'erreur et l'omission abondent dans les pages de ce recueil officiel, c'est encore, peut-être, de tous les documents historiques, celui qui contient la plus grande somme de vérités.

Parmi les journaux nés de la Révolution, et qui ont le plus longtemps survécu aux épreuves multipliées qu'a eu à subir la presse, il faut encore citer le *Journal des Débats* et le *Courrier Français*.

La *Gazette de France*, le plus ancien des journaux français, a été fondée le 1er avril 1631. Une autre feuille, le *Journal de Paris*, datait d'avant la Révolution ; il compta André Chénier et Condorcet parmi ses rédacteurs. Ils lui rendirent la vie.

Le *Journal des Débats* eut une origine moins noble. Une tête creuse, une con-

un de ses secrétaires, qui la touchait encore en 1834.

science souple et sans courage, Barrère; un romancier graveleux, Louvet, furent les pères du *Journal des Débats*. Il est assez curieux de trouver de pareils patrons à un journal qui devait devenir le plus habile organe de la politique du Palais-Royal. Il y a des rencontres historiques pleines d'enseignement.

La nécessité des dictatures, les malheurs de la patrie, ont toujours été, depuis 1789 jusqu'en juin 1848, les causes des vicissitudes de la presse.

Il est juste de dire qu'elle a eu sa part dans ces nécessités, sinon dans ces malheurs. Insupportable à tous les pouvoirs, elle subissait le contre-coup de toutes les crises gouvernementales. La commune de Paris distinguait déjà, dans un temps de licence, une bonne et une mauvaise presse. La bonne presse, c'était le *Père Duchêne*, qu'on envoyait par centaines de mille exemplaires aux armées, ce qui permettait à Hébert et consorts d'aller hors Paris mener une vie de financier du temps de Louis XV, quittes à reprendre, en rentrant dans Paris, la carmagnole et le bonnet démagogique.

La mauvaise presse, celle dont les rédacteurs étaient traités d'empoisonneurs, parce qu'ils blâmaient les excès du pouvoir, était composée de journaux royalistes et de feuilles sincèrement républicaines, mais ennemies du despotisme. Le pouvoir voulait alors de la liberté pour lui, mais il n'en voulait pas pour les autres.

Le Directoire était aussi de cet avis. Il le prouva le 18 fructidor an V. On n'incriminait pas alors les articles comme on l'a fait sous la Restauration, mais on accusait les rédacteurs d'avoir conspiré contre la sûreté de la République. On atteignait au même but. Tenir une plume, c'est manipuler des poisons ou des matières fulminantes. Il y a toujours danger de mourir de la colique ou de sauter pendant l'expérience. J'admire les gens qui, dans ce dur métier, ont encore la fatuité de chercher le style. Ils ressemblent à des condamnés qui se feraient friser pour aller à l'échafaud.

Sous le Consulat, il ne restait plus trace de cette violente ébullition de la pensée. Dès

1800, le nombre des journaux politiques fut limité par un décret. On en toléra treize, y compris le *Moniteur universel.*

Quelques-unes de ces feuilles, par l'excentricité de leur titre, rappelaient encore la Révolution. Tels étaient : la *Clef du Cabinet des Souverains*, la *Décade philosophique*, le *Journal des Hommes libres*, etc.

Les directeurs et propriétaires étaient tenus de prêter serment à la Constitution.

Une cause explique et une autre justifie la rigueur de ces mesures.

Les feuilles étaient tombées, depuis la Révolution, dans un langage de ruisseau dont il est difficile de se faire une idée. Le marchand de contremarques Hébert avait, dans son *Père Duchêne*, donné le ton à une multitude d'ignobles imitateurs. En même temps qu'à la suite du 9 thermidor on vit un triumvirat de brigands sans intelligence aspirer au pouvoir, la pensée publique paraissait s'affaisser à mesure que l'idée gouvernementale s'avilissait.

Le désir d'éteindre d'un seul coup ce foyer d'émanations pestilentielles s'explique donc par le sentiment sinon par les raisons tirées du droit public. Il était évident que le premier pouvoir fort qui s'établirait en France ne résisterait pas à cet entraînement.

L'avenir du pays était alors livré à tous les hasards de la guerre. Et ici l'arrêté du 17 janvier 1800 se trouvait parfaitement justifié. Il n'était pris d'ailleurs que pour « toute la durée de la guerre. »

Le gouvernement se vit obligé de continuer la pensée de Robespierre et du Comité de salut public : « La liberté est ajournée jusqu'après la guerre. » Ainsi procèdent dans l'histoire toutes les dictatures nées de la nécessité; elles ont recours aux moyens extrêmes.

De 1800 à 1814, la guerre eut ses intermittences; mais Napoléon Ier, sous l'Empire comme sous le Consulat, maintint ce régime rigoureux imposé à la pensée. Il est à présumer qu'il l'eût maintenu alors même que le gain de la bataille de Waterloo lui eût assuré la libre possession du trône de France.

Son génie, fait pour les armes et l'organisation, procédait par ensemble. C'était un législateur à la manière antique. La société l'occupait tout entier, et rarement il vit dans l'individu autre chose qu'un instrument destiné à concourir au but commun : la puissance nationale.

Dans un temps de luttes extérieures et de créations intérieures, un tel régime fut nécessaire peut-être, et certainement tolérable. L'individu sacrifié ne souffrit pas ou souffrit peu. Les factions seules purent se plaindre. Mais toute individualité qui sincèrement s'associa aux grandes destinées du pays, trouva l'épuisement de ses légitimes ambitions. En même temps que ce puissant régime livrait à l'idée philosophique et révolutionnaire une lutte acharnée, en même temps qu'il comprimait les libres expansions de la plume, il ouvrait aux intelligences plus actives que raisonneuses, les voies de la gloire et de la fortune, par le travail.

L'armée, l'administration, le Conseil d'État, l'Institut, furent pour la jeunesse de cette grande époque autant de voies ouvertes. Elles valaient mieux que celle du journalisme.

L'empereur Napoléon Ier était donc parfaitement logique, conséquent avec lui-même. S'il réprimait les libres allures de la pensée, nul ne pouvait dire qu'il l'étouffât. En temps de paix, avec des cadres remplis, un système administratif, militaire, judiciaire, universitaire, complet, fonctionnant normalement, la soupape de sûreté n'eût pas existé, et une compression trop absolue eût engendré le malaise des intelligences.

Seize journaux politiques existaient encore à Paris l'an IX. Tous ensemble n'expédiaient pas trente-quatre mille numéros en France.

Avant l'Empire, les journaux n'avaient pas de feuilleton. Ce fut le *Journal des Débats* qui l'inaugura. Ce feuilleton roulait sur des matières de critique littéraire. Ils étaient écrits par un habile journaliste qui a laissé un nom, M. Geoffroy.

Dans la pensée du gouvernement impérial, M. Bertin de Vaux, directeur du *Journal des Débats*, était vendu aux émigrés de Londres. Il n'y avait pas alors d'opposition possible, au moins par la discussion. Le

Journal des Débats se renfermait dans une affectation d'indifférence pour les choses de l'État. Telle fut l'origine du feuilleton. Cette pensée, bien vite comprise du public, amena trente-quatre mille abonnés au *Journal des Débats*.

L'empereur eut la faiblesse de s'en fâcher.

La susceptibilité contre l'opposition était alors arrivée à ce point que l'indifférence elle-même était comprise. Les indifférents avaient l'air, pour ne pas devenir suspects, de ne parler qu'avec une amoureuse passion des intérêts de la dynastie régnante et ils en parlaient le plus souvent possible.

Il serait juste d'ajouter que beaucoup de journalistes augmentaient encore par leur servilité les inconvénients du système.

L'opposition, d'ailleurs, pour se faire plate et imperceptible, n'en trouvait pas moins le moyen de se glisser partout. Un matin, en relisant le journal qu'on allait distribuer, le directeur du *Moniteur* s'aperçut qu'une faute s'était glissée dans le compte rendu d'une cérémonie de la cour où le duc de

Vicence était désigné sous le nom de duc de Vincennes. L'édition entière fut supprimée, on aima mieux ne pas faire paraître le *Moniteur* (1) que de risquer en public une *coquille* aussi perfide.

Pour punir le *Journal des Débats*, l'Empereur l'obligea de prendre le titre de *Journal de l'Empire* et lui infligea un censeur.

Le premier censeur du *Journal des Débats* fut d'abord M. Fiévée, homme d'esprit, ancien collaborateur de Condorcet. Diplomate, journaliste, romancier et auteur dramatique par circonstance, M. Fiévée était un de ces hommes que la Révolution fit éclore et dont la race est à jamais perdue. Ces gens-là étaient tous plus ou moins de la famille de Figaro, et, comme dans la conception de Beaumarchais, ils sont frondeurs dans la

(1) A cette époque, les journaux se tiraient sur des presses à bras, et le tirage était soumis à la double opération du *recto* et du *verso*. Il fallait six heures pour tirer six mille sur deux presses. Aujourd'hui, avec une bonne presse à réaction, on obtient le même résultat en une heure et quart.

jeunesse, réactionnaires dans l'âge mûr.

En 1810, M. Etienne, l'auteur de *Brueys et Palaprat*, remplaça M. Fiévée.

M. Etienne était une créature de M. Maret, duc de Bassano, dont il avait été secrétaire, C'était un écrivain du genre facile et d'un caractère souple. Il se rendit utile. Le duc de Bassano avait besoin d'hommes de ce tempérament. Il pouvait à peine suffire aux nombreuses affaires dont l'accablait l'Empereur. C'est de ce même secrétaire que M. de Talleyrand disait, le voyant revenir à la suite d'une défaite : « On disait que nous « avions perdu le matériel et voilà Maret « qui revient. » Il fit de M. Etienne un censeur.

On sait le bruit que fit sa pièce des *Deux Gendres* et la polémique qu'elle souleva. Il faut bien s'occuper de quelque chose. M. Etienne fut accusé d'avoir volé sa pièce à un jésuite mort depuis une centaine d'années. L'affaire fut prouvée. Il n'y eut qu'un écueil dans l'attaque : le jésuite était mort depuis un siècle, et les *Deux Gendres* étaient une peinture de mœurs contemporaines.

Dès lors, il ne fit plus une pièce qu'on ne l'accusât de plagiat. Les flatteurs le nommaient le *Fontenelle de la politique.*

De 1814 à 1815, le *Journal des Débats* quitta, reprit, quitta le titre qu'on lui avait imposé.

Ces temps d'agitation et de bouleversements ont cela de détestable pour les orateurs et pour les publicistes, qu'ils mettent à nu leurs faiblesses. Il y a fort peu de caractères qui résistent à ces épreuves, et qui, au sortir de deux ou trois révolutions, aient pu conserver leur propre estime.

La plupart des hommes qui ont trempé dans les affaires publiques, cèdent à la manie de faire acte de vie alors même qu'ils n'y sont pas obligés. Ils éprouvent le besoin de faire leur partie dans le concert des sottises et des lâchetés de leur temps. Le plus souvent, sans y être obligés pour vivre, ils ne cessent de se déconsidérer et oublient la puissance et la dignité de l'oisiveté. Au lieu de se retrancher dans un savant égoïsme et dans une abstention qui mène infailliblement à la vertu, ils s'agitent et s'avilissent.

La presse et la tribune ont fourni de 1814 à 1815 beaucoup d'exemples illustres en ce genre.

Ce fut à cette époque de palinodies que naquit le *Constitutionnel*, journal voltairien, libéral et révolutionnaire. L'un de ses principaux rédacteurs était ce même M. Etienne, jadis censeur impérial et satisfait, devenu depuis libéral et mécontent.

Le poëte national Béranger fut aussi l'un des inspirateurs de cette feuille, dont nous suivrons les transformations singulières. En politique, le *Constitutionnel* l'un des meilleur journaux d'aujourd'hui, a jadis parcouru presque tous les signes du Zodiaque. Longtemps il vécut de la chair et du sang des jésuites. Puis, classique, protectionniste et dévot dès le règne de Louis-Philippe, il n'a eu, comme certains enfants, qu'une jeunesse douteuse.

Cependant la Restauration, malgré ses représailles, avait laissé place à une opposition qui, par sa science, sa tactique, sa surface dans le monde financier, ne tarda pas à devenir formidable.

Malgré les rigueurs du système, les journaux trouvaient, de temps en temps, moyen de naître. Ils venaient au monde comme des bâtards faits entre deux portes, et vivaient ce qu'ils pouvaient. Mais pendant leur courte et précaire existence, ils faisaient le plus de tapage qu'ils pouvaient.

Il y avait alors, par la voie publique, des journalistes qui se nommaient Thiers, Mignet, Rémusat, et d'autres encore qui n'entendaient pas mûrir en serre et cherchaient leur place au soleil. Depuis la révolution, la plume est, avec la parole, le seul moyen qu'aient de s'élever les pauvres doués de talent. On écrivait tant qu'on pouvait, et comme on pouvait.

L'un des journaux qui naquirent de 1820 à 1824, eut pour titre : *Tablettes universelles*, et pour fondateur l'honorable M. Cauchois-Lemaire.

M. Cauchois-Lemaire était un de ces hommes qui, n'ayant jamais été contents, c'est-à-dire n'ayant été quoi que ce soit officiellement, ont sur le public et sur leurs compétiteurs en popularité, un avantage considérable. Mécontents toujours, ils ne risquent point de palinoder. Leur vertu, comme le vin, gagne en vieillissant. Emprisonnés quelquefois, soumis à des fortunes diverses, on dirait qu'ils ont pour métier de pâtir des lois, quelles qu'elles soient, afin de prouver qu'elles ne sont pas parfaites et qu'il les faut refaire sans cesse. Ils s'habituent à cette vie comme le bœuf à son joug, c'est-à-dire avec le désir d'en être délivrés. La mort leur fait un jour la galanterie de les empêcher de continuer pendant un autre siècle ce rôle insupportable. On les enterre d'un air mécontent, avec grand amas de peuple, et, dix ans après, quand on prononce leur nom, on a l'air d'un vieillard.

M. Cauchois-Lemaire tenait un cabinet de lecture fréquenté des étudiants. L'idée d'écrire lui vint sans doute au maniement des livres. Il fonda le *Journal des Arts et de la Littérature*, qui prit plus tard le titre jadis célèbre du *Nain jaune*.

Le roi Louis XVIII ne dédaigna pas de

collaborer à cette feuille; il y envoyait des articles très-violents, où il ne ménageait pas sa propre personnalité. Un jour, sur l'ordre du parquet, un commissaire de police fit une descente dans les bureaux du *Nain jaune*, pour rechercher l'auteur d'une fantaisie burlesque et politique que terminaient ces mots : « Le roi s'endort tous les soirs, aux Tuileries, dans une peau de bête. » M. Cauchois-Lemaire ne fit aucune difficulté et livra le manuscrit incriminé; il était entièrement de la main du roi et signé de ses initiales.

Malgré son goût très-prononcé pour les choses littéraires, le roi Louis XVIII aimait fort peu les littérateurs. Le royal auteur de la *Famille Glinet*, d'une *traduction d'Horace* et de nombreux articles de journaux, se montra toujours défavorable aux gens de lettres : Était-ce jalousie de métier?

Après la mort de M. de Monthyon, l'exécuteur de son testament si libéral, si bienfaisant, trouva une rente de 25,000 fr. restée sans destination. Il proposa au Roi de l'employer à fonder une dotation pour la littérature. C'était, en entrant dans les vues du testateur, préparer dans l'avenir une plus grande notoriété à son nom.

— C'est inutile, répondit sèchement le Roi, c'est inutile, les gens de lettres en ont toujours assez. Il n'est même pas mauvais que, dans l'intérêt de l'art, ils sentent les griffes de la misère, ça les tient en haleine!

Et pourtant ce souverain passe encore pour avoir toujours professé une aimable philosophie.

Le *Nain jaune* fut supprimé en 1815, et fut remplacé par les *Fantaisies*. Les condamnations continuèrent. M. Cauchois-Lemaire passa en Belgique, où il publia le *Nain jaune réfugié*, et plus tard le *Vrai libéral*. Il fit encore le *Miroir*, et une multitude de brochures. Il était rentré en France en 1821, et reparut sur la brèche dès l'affaire des sergents de La Rochelle.

Malgré la censure et la rigueur des mesures fiscales imposées à la presse, la Restauration fut moins rigoureuse que ne l'avait été l'Empire.

La liberté, malgré les récriminations du

moment, était telle, que nous lisons dans la XIe lettre adressée par Paul-Louis Courier au rédacteur du *Censeur* (1820), le passage suivant à propos même de la question de la liberté de la Presse.

« ....Si j'eusse été là, député des classes
« inférieures de mon département, j'aurais
« pris la parole ainsi : « *Mylord Castelreagh*,
« mêlez-vous de vos affaires; pour Dieu,
« *Herr Metternich*, laissez-nous en repos ; et
« vous, *Mein lieber Hardemberg*, songez à
« bien cuire vos *saur kraut*. »

Et il faut ajouter que les dix lettres qui précèdent celle dont nous extrayons ce passage, ne le cèdent en rien comme violence aux plus verts pamphlets de Paul-Louis Courier.

Il y eut d'abord une douzaine de journaux. Six appartenaient au pouvoir, les six autres étaient à l'opposition. Mais les journaux du gouvernement ne comptaient pas, collectivement, quinze mille abonnés, tandis que ceux de l'opposition en réunissaient près de quarante mille.

Le *Constitutionnel* fut le lion de cette période historique. Les actions avaient acquis une valeur considérable. C'est dans ce journal que Paul-Louis Courier fit paraître, le 18 octobre 1823, la note suivante :

« Nos abonnés de Tours sont priés de « faire lire l'article suivant à madame Cou- « rier, femme de PAUL-LOUIS, vigneron.

« Envoie-moi, ma chère amie, six che- « mises et six paires de bas. Point de lettre « dans le paquet, afin qu'il puisse me par- « venir. Je sais que tu ne reçois pas les « miennes et que tu t'inquiètes fort. Sois « tranquille, il y a dans ce monde plus de « justice que tu ne crois. Je ne suis ni mort « ni malade, ni en prison pour le moment.

« Adieu, ton mari. »

Les beaux jours du *Journal des Débats* ne devaient renaître que sous Louis-Philippe. Mais jamais ce journal ne reverra un succès pareil à celui que lui valurent les feuilletons de Geoffroy, lorsque le public s'accoutuma à chercher ses moyens d'opposition jusque dans les questions littéraires et dans les subtilités allusionnelles.

La *Gazette* soutenait le gouvernement et

avait pour rivale la *Quotidienne*, journal de contre-opposition de la droite. L'*Étoile*, l'*Aristarque*, ne sont plus même un souvenir.

En 1819 avait été fondé le *Courrier Français*. Il eut pour rédacteur M. Châtelain, qui se vantait d'avoir, pendant toute sa vie, fait le même article.

M. Châtelain avait servi dans la cavalerie. Il était lieutenant en 1815, à l'époque du licenciement de l'armée. Rentré chez lui, il écrivit une brochure qui fut saisie. Ceci le piqua au jeu. M. Châtelain était un homme d'esprit, qui joignait à l'humeur indépendante du soldat patriote, la verve satirique du Gaulois. Il avait coopéré à la rédaction de la *Renommée* et du *Censeur*. Il fit la fortune du *Courrier Français*, qu'il dirigea avec autant de courage que de talent. M. de Kératry, ancien député du Finistère, a longtemps fourni des articles au *Courrier Français*.

Le *Drapeau blanc* était dirigé par le fameux Martainville. C'était un journaliste d'une violence sans égale. Cynique, spirituel, avide des plaisirs de la vie, il s'était signalé, dès la révolution, par une audace réactionnaire dont l'originalité fut son salut.

Interrogé par Coffinhal, qui persistait à l'appeler *de* Martainville, et non Martainville : « Citoyen président, lui dit-il, tu es ici pour me raccourcir, et non pas pour me rallonger. »

Il y avait du Rivarol dans Martainville. Rivarol disait : « Je fais des épigrammes, et mon frère se bat. » Martainville faisait aussi des épigrammes et se battait lui-même. Il jouit, au double titre de spadassin et de libelliste, d'une famosité redoutable. Ses mots et ses duels étaient sanglants : — Dans une discussion avec l'académicien T.... qu'on accusait à tort ou à raison d'avoir porté la tête de Mme de Lamballe au bout d'une pique : « Vous portez la tête bien haut, lui dit ce dernier. » « Je n'ai jamais porté que la mienne, répondit Martainville. » — Un soir il entra au café des Variétés : un colonel en demi-solde le regarde de travers et l'insulte : « Vous voulez vous battre ? » « Certes, répond son adversaire. — Soit, marchons ! — Nous pouvons bien attendre à demain. — Bah! dit Martainville; vous m'avez insulté sous un quinquet, vous me rendrez raison sous un réverbère! » Il avait le tour ignoble et plus populacier que populaire. Décidé à s'enrichir, il fit de l'enthousiasme frénétique au retour des Bourbons. On l'accusa d'avoir livré, en 1815, le pont du Pecq aux Prussiens. Rien ne lui coûtait pour le service de ses passions licencieuses. Les rédacteurs du *Conservateur* l'avaient exclu de leurs rangs. Son *Drapeau blanc* fut une des excentricités du temps.

Ce journal avait d'abord paru sous forme de recueil hebdomadaire, le 20 janvier 1819. Au dix-huitième numéro, il se transforma et parut quotidiennement le 16 juin 1819. Le *Drapeau blanc* ne recevait pas de subvention. Il appartenait à M. J.-G. Dentu, grand-père de l'honorable libraire du Palais-Royal. La rédaction en était d'ailleurs remarquable. Outre Martainville, rédacteur en chef, il avait pour principaux rédacteurs : MM. Salgues, ancien prêtre, qui, à la Révolution, avait abandonné la carrière ecclésiastique, Mazas, Achille de Jouffroy (fils du marquis de Jouffroy, qui eut le premier l'idée d'appliquer la vapeur à la navigation; son fils Achille perfectionna les bateaux à vapeur et fit d'importants travaux sur les chemins de fer), Jean Cohen, le comte O'Mahony, Delbare, Destains, Carmouche, Nodier, Darmaing, Pouqueville, Eyriès, Jondot, Lechevalier, auteur du *Voyage à la Troade*, Sévelinges, Beauregard. M. Lamennais y donnait des articles.

M. Dentu, pour que le journal pût paraître, était sans cesse obligé de débarrasser Martainville de ses créanciers en les payant.

On sait que Martainville avait été jadis auteur dramatique. Il y a encore des vieillards qui se souviennent du *Pied de Mouton*, de *Taconnet* et de *M. Crédule*. Avec infiniment d'esprit et de talent, il eut une vie privée déplorable.

Martainville mourut en 1830, habitué famélique des buvettes littéraires, où l'on se faisait un devoir de lui payer son écot par une foule d'ingénieuses supercheries.

Un rédacteur du *Drapeau blanc* vit encore, c'est M. Théodore Anne.

Le *Journal de Paris* était rédigé par un journaliste non moins célèbre, M. Fonfrède, esprit vigoureux qui mit au service du gouvernement la chaleur et l'éloquence qui jadis distinguaient les Girondins. M. Fonfrède prétendait lire dans les traits de M. de Cormenin l'expression d'un grand remords. Il fut l'antagoniste le plus ardent de la doctrine de M. Thiers sur la fiction parlementaire : le roi règne et ne gouverne pas. Il avait toute la fougue de tempérament des anciens Girondins. Ce tempérament ardent, il le mettait tout entier dans ses articles. Les pouvoirs, la politique de conservation, servis généralement par des hommes d'un caractère prudent, d'un esprit sage et modéré, manquaient alors de journalistes qui eussent pu lutter avec avantage contre ceux de l'opposition. M. Fonfrède fut une rare exception à cette règle de presque tous les temps.

Quand l'assassinat du duc de Berry eut amené les ultrà aux affaires, le ministère Richelieu et le roi lui-même furent débordés. Il fallut transiger avec la droite. M. de

Villèle entra d'abord dans le cabinet et n'en sortit qu'après l'avoir mûri pour ses projets. Ces projets furent démasqués le 14 décembre 1821.

La presse était alors soumise au régime de la censure.

M. de Villèle y substitua une *loi de justice et d'amour*. Cette loi abandonnait la lettre et s'attachait à l'*esprit*. L'esprit des journaux devint justiciable des cours royales.

De là naquirent les procès dits de *tendance*.

On sait comment M. de Villèle eut l'idée de refaire le tempérament, l'esprit et les mœurs des Français, en les ramenant à une sorte de constitution patriarcale.

Un des moyens de M. de Villèle, à qui la France doit la restitution du milliard, la loi du sacrilége, etc., fut d'imaginer ce qu'il nommait ingénieusement l'*amortissement des journaux*.

Ce système consistait à ne plus permettre la création de feuilles nouvelles, et à éteindre une à une, en les rachetant à leurs propriétaires, celles qui existaient encore.

Dans cette voie, il n'y avait pas de motifs pour qu'un jour on n'en vînt pas à racheter les brevets d'imprimerie et à créer l'amortissement de l'intelligence française.

La majorité de 1827 débarrassa le gouvernement de ce Gascon, qui voulait nous ramener avec audace à quelques siècles en arrière.

La presse respira un peu sous M. de Martignac.

Nous ne croyons pas inutile d'expliquer ici combien la vie des journaux était autrefois plus difficile et moins assurée qu'aujourd'hui.

Sous la restauration, un journal n'était point une spéculation commerciale, mais bien une affaire de parti. Il tirait ses ressources principales de subventions fournies soit par les gens qui rêvaient le pouvoir, soit par le moyen des cotisations. Le prix de l'abonnement, très-élevé, ne permettait de réaliser qu'un petit nombre de souscripteurs. Joignez à cela que l'annonce n'existait pas encore, ainsi que le bulletin de la Bourse, qui entrent aujourd'hui pour une très-large part dans le budget des recettes des journaux quotidiens, et l'on se fera une idée des sacrifices que durent s'imposer les entrepreneurs des feuilles politiques de la Restauration.

Enfin, tous les journaux, sauf de rares exceptions, paraissaient le matin et ne trouvaient pas de débit.

Aujourd'hui, cela est bien changé. Tout se vend, se loue, se paie dans un journal. On a même poussé le commerce jusqu'à vendre les *faits-Paris* à cinq francs la ligne. C'est ce qu'on nomme de la publicité! de telle sorte que, ne sachant distinguer ce qui est gratuit de ce qui est payé, le lecteur n'ajoute qu'une foi médiocre aux recommandations de son journal, et l'annonce sera dans peu de temps forcée de modifier sa forme pour avoir encore de l'influence.

Mais revenons aux journaux d'autrefois. En feuilletant les collections anciennes, on est frappé d'une chose, l'absence de signatures au bas des articles les plus personnels, les plus incendiaires. Pourtant le journaliste se trouvait toujours derrière l'article, et il est heureusement prouvé que jamais une juste demande de réparation soit restée sans satisfaction. Cette impersonnalité était une nécessité de l'époque. Les gens considérables, patrons des feuilles les plus achalandées écrivaient rarement; les rédacteurs en sous-ordre s'inspiraient de leur pensée, et la foule, dans l'article non signé, reconnaissait la plume aimée, la plume illustre! En forçant les écrivains à signer leurs œuvres, la loi n'a pas voulu seulement restreindre la violence que favorisait l'anonyme, elle a aussi entendu rendre à chacun sa part légitime de succès. C'est le : *A chacun selon ses œuvres!* En cela, la loi Tinguy s'est montrée encore plus morale que restrictive.

Dans les dernières années de la Restauration, un mouvement intellectuel véritablement remarquable éclata. Plusieurs journaux et revues furent fondés et attestèrent ce mouvement des esprits.

Nous citerons notamment la *Revue française*, qui précéda la *Revue des Deux-Mondes* dans cette carrière où l'Angleterre nous avait précédés.

L'un des principaux rédacteurs de la *Revue française* était M. Guizot, qui publiait alors des brochures politiques qui attiraient sur lui l'attention des libéraux.

Un homme de beaucoup d'intelligence et d'énergie, M. Jacques Coste, fonda aussi un journal qui fit quelque bruit dans le monde et mourut sous le règne suivant. Ce journal avait pour titre le *Temps*, et pour rédacteurs un groupe de députés et de journalistes. La pensée du fondateur du *Temps* était de faire de son journal, une véritable encyclopédie quotidienne.

Nous verrons la même idée reparaître sous le règne suivant, et prendre pour titre l'*Époque*. Sous forme hebdomadaire, la pensée de Jacques Coste se produisit également sous le titre de la *Semaine*.

M. Jacques Coste joua un rôle dans la révolution de juillet, en ce sens qu'il résista un des premiers aux ordonnances.

Le *National* date aussi de cette époque, où la chaîne des idées du siècle, brisée par tant de grands événements, sembla se renouer. Il fut fondé le 1er janvier 1830, par MM. Thiers, Mignet et Carrel.

M. Carrel ne figurait alors qu'au troisième plan de ce triumvirat disparate, dont chaque membre devait, pendant une année, exercer les fonctions de rédacteur en chef.

M. Carrel écrivit peu dans cette première année de l'existence du *National*. Le personnage influent dans le journal fut M. Thiers. Son *Histoire de la Révolution* faisait beaucoup de bruit, et il avait déjà marqué comme journaliste dans les colonnes du *Constitutionnel*.

M. Mignet, voué plus particulièrement, et, disons-le, avec des dispositions plus sérieuses, à l'étude de l'histoire, moins ambitieux, plus professeur qu'homme politique, abandonnait à son ami M. Thiers la plus grande part d'initiative.

Le *National* ne représentait pas alors l'opinion dont il devait, plus tard, se constituer l'organe. C'était alors un journal libéral. L'idée républicaine n'y apparaissait pas. Quand plus tard elle y perça, ce fut avec des ménagements infinis.

Toutes les idées, tous les principes du siècle, à mesure que les derniers échos des champs de bataille avaient fait silence, s'avançaient, à leur tour, comme un corps d'armée pacifique. Le règne de Louis-Philippe s'ébauchait dans celui de Charles X, car si les intérêts et les passions forment, au point de vue politique, l'unique tissu des débats humains, on peut dire que les affaires de ce monde, considérées d'une sphère plus haute, consistent uniquement dans la lutte des idées.

Parmi les idées qui se firent jour sous forme de journal, dans les dernières années de la Restauration, on doit citer en première ligne l'idée saint-simonienne.

Le 19 mai 1825, un homme d'un génie extraordinaire et qui venait de poser la plupart des problèmes qui préoccupent le monde moderne, M. de Saint-Simon, descendant du duc de Saint-Simon, lequel descendait de Charlemagne, expirait à l'âge de soixante-cinq ans, dans un état voisin de la misère.

Le comte de Saint-Simon, élève de d'Alembert, officier de cavalerie, *insurgent* comme Lafayette dans la guerre de l'indépendance en Amérique, colonel à vingt-trois ans, était, malgré sa condition, dévoré d'un esprit d'aventures et d'un besoin d'action qui l'entraîna vers les plus hautes conceptions que puisse aborder l'esprit humain.

Ruiné par la Révolution, il spécula sur les biens nationaux. Il lui resta de ces spéculations une somme de 144,000 fr., qu'il dépensa en voyages entrepris dans un but scientifique et en largesses qui lui permirent de nouer des relations avec les plus illustres professeurs. Il se maria avec Mlle de Champgrand, depuis Mme de Bawr, et sa maison devint le centre d'une grande affluence d'artistes et de savants. Quand M. de Saint-Simon eut épuisé son capital, il proposa le divorce à sa femme et entra seul et fier dans une vie de misère dont il ne devait sortir que par sa mort.

En 1812 cet homme célèbre vivait de pain et d'eau, travaillait sans feu, occupé du bonheur général, et vendant ses habits pour payer les copies de son travail. Il avait exercé pendant quelque temps un petit emploi de copiste dans les bureaux du Mont-de-Piété, aux appointements de 1,000 francs. Sa misère devint telle qu'il essaya de se tuer d'un coup de pistolet. La balle contourna le crâne et l'éborgna. Il crut voir dans ce fait une marque des volontés de la Providence, et continua de vivre en travaillant à divers écrits qu'il publia et qui ne tardèrent pas à remplir le monde du bruit de son nom.

Je n'ai pas à exposer dans cette histoire à vol d'oiseau de la presse française, la théorie de Saint-Simon. Il me suffit d'expliquer comment elle se produisit dans le journalisme.

Dans les dernières années de sa vie, le comte de Saint-Simon avait conquis l'admiration et le respect d'un groupe de jeunes hommes d'une haute capacité, qui étaient devenus ses disciples. Nous citerons parmi eux MM. Augustin Thierry, Enfantin, Olindes Rodrigues.

En 1825, après la mort du maître, ces

deux derniers fondèrent un journal qui prit pour titre : le *Producteur*.

Le *Producteur* compta parmi ses rédacteurs, outre MM. Enfantin et Olindes Rodrigues, MM. Bazard, Buchez, Carrel, Rouen, Laurent et plusieurs autres. Ce recueil remarquable, qui pressentait l'ère industrielle et cherchait à en diriger l'esprit, ne trouva pas dans le public un débit suffisant pour subvenir à ses dépenses. Ses adeptes fournirent une année à son existence. Le *Producteur* mourut, mais les hommes qui avaient présidé à sa naissance conservèrent intacte la foi dans la doctrine et reparurent, trois ans après, sur la brèche du journalisme, avec une nouvelle feuille intitulée l'*Organisateur*.

L'*Église* saint-simonienne fut constituée. Elle eut pour chefs MM. Enfantin et Bazard.

La plupart des jeunes hommes qui prirent part à la rédaction de l'*Organisateur* et au mouvement des idées saint-simoniennes, étaient pleins de talent, d'ardeur et de foi. Ils étonnèrent la société française par quelques singularités de doctrine et d'intérieur, et ne craignirent pas d'affronter le ridicule. Peut-être avaient-ils pressenti cette vérité profonde, qu'en France le ridicule vivifie.

Quoi qu'il en soit, en jetant aujourd'hui un regard sur la société française, on est frappé de la place qu'y occupent les mêmes hommes que les bourgeois de 1830 prirent évidemment pour des fous. Presque tous ont fait un chemin brillant dans les fonctions publiques, les lettres, les arts et la finance (1).

La scission qui s'opéra dans l'Église saint-simonienne, l'histoire du journal le *Globe*, n'appartiennent pas au règne de Charles X. C'est seulement en 1832 que s'est dénouée, par intervention judiciaire, l'affaire des saints-simoniens.

Cependant, à travers les diverses périodes historiques qu'elle avait traversées depuis 1789, la presse périodique avait fait des progrès considérables et acquis dans l'opinion publique une importance dont les faits

(1) Nous reviendrons sur ce sujet dans la seconde série de ces notices.

vont nous donner la mesure. Le journal n'était plus un pamphlet, une aride chronique ou une machine de conspirateur; il était devenu l'expression de la conscience de telle ou telle catégorie de la société française, j'entends de la société pensante, de celle qui juge les événements et les dirige par une sorte d'irrésistible impulsion.

Malgré les restrictions apportées à la libre expansion de cette conscience publique par le gouvernement de la Restauration, elle avait pu se produire de temps en temps, notamment sous le ministère de M. de Martignac. Le sentiment de sa propre force naquit pour elle de ces expériences et de ses luttes. Bientôt elle allait secouer le joug et se mesurer contre la monarchie elle-même.

La révolution de Juillet ne fut pas autre chose que la lutte de la monarchie contre le journalisme.

Ce drame fut préparé lentement, avec réflexion.

Le *Journal des Débats* lui-même prit part au mouvement. A cette époque, comme sous la monarchie de juillet, le *Journal des*

Débats jouait le rôle d'Ami du Pouvoir. Chacun de ses articles était, sinon un éloge, du moins une approbation ou une défense. Parmi les rédacteurs influents, figurait alors Becquet, très-ami de MM. Germain Delavigne, Scribe, Donatien Marquis, très-amis eux-mêmes du duc d'Orléans. Becquet était ce que les chansonniers du Caveau appelaient dans ce temps-là, un *fol épicurien*, c'est-à-dire qu'il déjeunait, dînait et soupait tout le long du jour et de la nuit. A la suite d'un plantureux déjeuner Becquet devint tout à coup orléaniste, et écrivit ce fameux article : *Malheureux Roi! Malheureuse France!* qui rangea définitivement le *Journal des Débats* sous la bannière de l'opposition, et lui préparait ainsi la certitude d'être bien avec le gouvernement futur.

Quelques historiens prétendent même que le ministère Martignac, dans la pensée royale, ne fut créé à autre fin que de dérouter l'esprit public et d'endormir la méfiance des libéraux.

M. de Villèle avait trahi la pensée réelle du règne. On voulait, ni plus ni moins, rayer d'un trait de plume la Révolution et ses conséquences, ramener les mœurs des Français à ce qu'elles étaient aux grands jours de la monarchie.

Un journal dans lequel s'étaient groupés les écrivains les plus considérables du parti qui représentait le trône et l'autel, le *Conservateur*, représentait cette idée avec la grandeur, l'éclat et le prestige trompeur que le talent peut donner aux conceptions les plus fausses.

Le *Conservateur* avait pris naissance aux beaux temps de M. Decazes, quand la monarchie de 1815 s'aperçut que le rétablissement de la censure était indispensable au bonheur des Français. La feuille contre-révolutionnaire inscrivait sur son drapeau ces mots, dont le dernier réveille tant de souvenirs : « Le roi, la Charte, les *honnêtes gens.* » Les fortes têtes de la rédaction du *Conservateur* étaient MM. de Châteaubriand, de Lamennais, l'ex-censeur Fiévée. M. de Polignac en était aussi. J'oubliais le plus formidable de tous, M. de Bonald.

C'était un gentilhomme du Rouergue

qui, après avoir d'abord suivi le mouvement révolutionnaire, s'était tout à coup arrêté dans cette voie. Il fit partie de l'armée de l'émigration. Retiré ensuite à Heidelberg, il y écrivit son fameux ouvrage sur la *Théorie du Pouvoir politique et religieux.* Il rentra à l'époque du couronnement, écrivit au *Mercure*, et fit son grand livre sur la *Législation primitive.*

Mme de Staël le qualifia d'un mot spirituel : « C'est le philosophe de l'anti-philosophie, » dit-elle.

Le livre de M. de Bonald était venu en situation ; il réussit. Les esprits gouvernementaux étaient alors préoccupés de la reconstitution du principe religieux.

M. Fontanes donna un emploi de conseiller de l'université à M. de Bonald, qui l'accepta, quoiqu'il eût prophétisé le retour des Bourbons. Louis-Bonaparte, roi de Hollande, lui proposa de se charger de l'éducation de l'aîné de ses fils ; il refusa. Nommé en 1814 membre du conseil de l'instruction publique et grand'-croix de Saint-Louis, il fut ensuite élu député à la Chambre introuvable.

Malgré son royalisme accentué, M. de Bonald fut quelquefois embarrassant. Ses idées sur le budget, sur l'instruction et sur une multitude de sujets aussi complexes, avaient l'air de sortir d'un recueil de capitulaires du temps de Charlemagne. Ses motions sur les frères ignorantins, sur le budget de la guerre, sur l'enseignement, sur les biens de l'État, sur le droit d'aubaine, etc., ressemblaient souvent à un défi porté au sens commun, à une simple gageure, plutôt qu'à une pensée sérieuse.

Il jouait ce rôle avec une merveilleuse gravité. Or, quiconque, en France, joue un rôle avec constance et veille à ce que le masque et la parole soient conformes à la doctrine, a des chances de trouver, sinon des partisans bien convaincus, au moins des admirateurs.

Ces hommes, en irritant le débat, avaient exalté à la fois la monarchie et l'opposition.

Charles X était précisément l'homme qu'il

fallait pour tenter la mise en pratique de pareilles théories, et pour pousser jusqu'au bout ce défi porté à la Révolution et à la civilisation.

Le vieux roi avait coutume de répéter : « Ma résolution est inébranlable. » Il avait, en effet, le fatal entêtement qui pousse certains hommes à venir se briser le crâne contre l'obstacle. Il prépara son projet comme un conspirateur prépare un complot : il chercha à en prévenir les phases et à se mettre en mesure de lutter contre la crise.

Un homme d'État de l'école légère des Calonne et des Brienne, M. de Polignac, assisté de M. de Chantelauze et de M. de Peyronnet, furent les complices de cette folle tentative.

Le 26, les ordonnances parurent. Une protestation signée de presque tous les journalistes de la presse de l'opposition, fut immédiatement rédigée. Aucun imprimeur ne voulait la faire paraître. Le rédacteur en chef du *Globe* cita son imprimeur devant le tribunal de Commerce, et M. Ganneron rendit un jugement qui ordonnait l'impression.

C'était un appel à la révolte !

Le lendemain, un peuple entier, peuple d'illettrés pour la plupart, se levait en armes pour soutenir les droits de la pensée ; la presse brisait le trône, jusqu'à ce que le trône vint, à son tour, l'écraser sous les lois de septembre.

A la distance où nous sommes aujourd'hui des événements de 1830, on peut jeter sur ces événements un coup d'œil impartial. Or, si l'on se demande quel a été, au total, le résultat de cette guerre de plume que les auteurs de la *Comédie de quinze ans* firent à la Restauration, si l'on examine le règne de Louis-Philippe au point de vue de ce qu'il a pu apporter de bien-être et de moralisation dans les classes pauvres, de désintéressement, de lumière et de charité dans les hautes classes, de probité dans les classes moyennes, on est tenté d'écrire au bas de la page ce titre d'une des pièces de Shakspeare : *Beaucoup de bruit pour rien.*

Le journalisme de la restauration défendit sans doute quelques-uns des principes qui, depuis 1789, ont pris chez nous droit de cité ; mais nos mœurs et nos codes les défendirent encore mieux que la plume.

Le journalisme de la Restauration eut surtout cela de remarquable, qu'il fit la fortune politique de la plupart de ceux qui le pratiquèrent.

On attribue à M. Villemain un mot souvent cité : « La littérature mène à tout, à la condition d'en sortir. »

C'est du journalisme surtout qu'on pourrait appliquer cette parole. MM. Thiers, Mignet, Rémusat et tant d'autres sont arrivés à tout, parce qu'ils se sont hâtés de *sortir* du journalisme dès que la révolution de Juillet leur permit d'*entrer* au pouvoir.

Un homme de beaucoup d'esprit qui a singulièrement intéressé les générations du règne de Louis-Philippe, mais qui, tout en amusant le public, a fait plus de mal qu'on ne pense, M. de Balzac, aimait les rapprochements. Il disait que le journaliste était au dix-neuvième siècle, ce que fut au dix-huitième ce personnage de comédie que l'on nommait l'*abbé*.

L'abbé était un être sans conséquence, qui se glissait partout, un furet, un caméléon, un être insaisissable et pourtant toujours lui-même, dans lequel on pouvait retrouver pourtant Jupiter ou Scapin, grand homme quelquefois, financier comme Terray, réformateur comme Sieyès, ou diseur de madrigaux comme Bernis. L'abbé portait le bichon de la marquise, ou renversait un trône. Parasite, ruffian, ou grand homme, on le trouvait partout : à la cour, à la ville, dans les ruelles, à la tribune, au fond d'un manoir de village, ou à l'académie.

Le journaliste, comme l'abbé, est au dix-neuvième siècle l'un des premiers personnages de la comédie humaine. Il vogue à travers cette société, comme un être sans gîte qui se trouve partout chez lui. Il erre entre le palais et la mansarde. Ministre aujourd'hui, banquier demain, mort de faim ce matin; philosophe partout, et, comme Figaro, supérieur aux événements.

C'est dans ce monde que se classe et que

se range le dernier des soldats de fortune.

Sous le règne de Louis-Philippe, nous allons le voir en pleine lumière.

FIN.

(*Suite*). Les gardes du corps ne devaient guère me gêner, je les faisais fusiller, *et un coup bien préparé* devait, au milieu de la mousqueterie, *percer le roi*, comme s'il n'eût succombé que sous les coups du hasard. *Lui mort*, nous eussions commencé par pleurer, par chercher l'assassin et le faire écarteler. Non, non, je me trompe, nous vous faisions donner, Monseigneur, la tutelle du Dauphin, *Monsieur ;* nous le faisions passer pour incapable ; et d'ailleurs, une attaque d'apoplexie vous en eût débarrassé. M. d'Artois, nous l'avions chassé de France ; nous le tenions en Italie ; et, s'il eût voulu remuer, trente coupe-jarrets l'eussent bientôt envoyé rejoindre ses aïeux. Il ne nous restait donc plus que le Dauphin ; mais un enfant est sujet à tant d'accidents, que cet obstacle n'aurait bientôt plus été pour vous un obstacle vivant.

Enfin, Monseigneur, vous arriviez au trône, sans plus craindre de concurrent, et c'est à moi seul alors que vous en eussiez été redevable. Mais non, l'enfer, dans toute sa fureur, n'a jamais vomi un monstre plus intrépide que ce maudit Lafayette ; il ne nous soupçonnait pas encore : tout notre jeu était bien caché ; mais il sait que nous sommes partis pour exécuter nos projets, il arrive avec une armée bien complète, bien endoctrinée par lui, et ne nous laisse pas même le temps de nous reconnaître. Il dissipe nos agents et nous chasse accablés de la honte d'avoir tenté vainement de ces crimes dont la réussite même ne peut diminuer l'atrocité.

Rappelez-vous, Monseigneur, que le courage ne

me manqua jamais, que je ne désespérai pas encore. Mais oserai-je bien vous le répéter ? oui, je l'oserai, puisque ma justification en dépend : vous ne montrâtes pas la bravoure de Cromwell, quoique vous fussiez bien comme lui rongé par l'envie de régner. Vous fîtes alors des démarches, auxquelles, comme vous ne l'ignorez pas, je m'opposai de toutes mes forces ; vous fûtes jouer devant Lafayette le rôle de Thersite, et à force de bassesse et de lâcheté, après avoir allumé contre vous tout le courroux de son âme héroïque, vous parvîntes à ne plus lui inspirer que le plus profond mépris. Vous partîtes alors, abandonnant à la vengeance d'un roi à qui vous aviez voulu ravir le trône et la vie, d'un peuple que vous aviez voulu faire passer pour régicide aux yeux de l'Europe, une femme, *des enfants innocents*, et des amis qui avaient tout sacrifié pour vous.

Quant à moi, Monseigneur, je tins ferme comme un roc ; ma conscience est accoutumée depuis longtemps à ne me plus faire souffrir, et je voulus vous porter sur un trône que vous sembliez fuir, parce que Lafayette était au pied pour vous empêcher d'y monter. Je pris alors d'autres mesures ; je cabalai, je payai et je fis choix dans l'Assemblée nationale de ceux que je crus dignes de devenir nôtres. D'Aiguillon avait fait preuve de courage dans l'affaire du 5 octobre ; je le plaçai à la tête. Il est homme à tout, à l'épée, à la bourse. C'est un homme qui a peu d'égal ; mais malheureusement il n'a point de tête.

Les deux Lameth avaient, dans le commencement,

plus de politique ; mais depuis ils se sont trop découverts. Je conviens que, d'après la promesse que vous avez faite à l'aîné de lui donner la place de Lafayette, il ne pouvait guère faire moins, sans mériter le reproche d'ingratitude.

Barnave nous a toujours été dévoué de cœur et par principe. Il semble qu'il aime le sang pour le plaisir de l'aimer; car je me rappelle que, quand nous faisions écarteler les Berthier, les Foulon, et qu'on en parlait devant lui, en ayant l'air de les plaindre, Barnave s'écriait : *Et ce sang est-il si pur?*

D'ailleurs, vous le savez, Monseigneur, comme il a du talent et qu'il fallait absolument l'avoir à nous, vous m'avez permis de lui offrir la mairie de Paris; aussi, depuis cette offre, il nous a servis chaudement.

Duport est un petit ambitieux qu'il faut flatter, parce qu'en pareil cas il est utile de ménager tout le monde : d'ailleurs, il a assez bien secondé les Lameth et Barnave, en faisant perdre par ses motions incidentes et ses plans imbéciles beaucoup de temps à l'Assemblée nationale.

Laborde nous a rendu de ces services d'autant plus sûrs, que la finance en est le principe; et je profite avec avantage de la soif de l'or, dont il est possédé, pour lui faire dissiper les monceaux d'*or* qu'il a volés, en lui faisant espérer l'impunité pour ceux qu'il volera, si nous réussissons.

Robert-Pierre est un plat personnage, j'en conviens, Monseigneur ; mais cet homme a voulu absolument être initié à nos secrets, et, comme il crie fort et souvent, je n'ai pu, en bonne politique, lui refuser quelques promesses que nous ne tiendrons qu'autant que ces arrangements nous conviendront.

Mais il est une autre preuve de ma grande connaissance en fait d'intrigues, c'est l'acquisition que j'ai faite de Linguet. C'est un homme, celui-là, on ne saurait trop le payer : d'abord, parce que, si un autre lui offrait une somme plus forte, il nous planterait là tout court, et nous renverrait à ses annales, pour nous prouver qu'il peut, en conscience, recevoir de deux côtés différents, et être réellement pour celui qui paye le mieux. Ensuite il a le grand talent de faire croire au bon peuple de Paris toutes les rêveries qui lui passent par la tête. Je me suis même engagé, Monseigneur, en votre nom, à lui donner la garde des sceaux.

Il n'y a pas de récompense trop considérable pour un homme qui fera brûler le Châtelet quand il voudra.

A propos de Châtelet, qu'il me soit permis de remettre sous vos yeux ce qui s'est passé ici depuis quelques semaines. Je connaissais vos intentions sur cet objet : je savais de quel intérêt il était pour nous d'anéantir cette affreuse procédure intentée contre nos bons amis qui avaient si bien travaillé pour nous les 5 et 6 octobre dernier.

D'Aiguillon, d'ailleurs, était comme un diable. Il pestait, il jurait, il criait *que, malgré ses jupes*, le Châtelet le reconnaîtrait, et jusque dans ses rêves cette maudite idée *de potence* le suivait partout.

D'un autre côté, vos frayeurs et les miennes ne nous faisaient guère envisager d'autre perspective; de manière que j'ai lâché aux trousses du Châtelet, et l'ordurier Marât, et le licencieux Danton, et le fourbe Linguet. Il faut convenir qu'ils se sont conduits dans cette affaire en gens du métier : ils ont ameuté, ils ont fait du bruit; mais malheureusement le volcan a mugi trop tôt, et ce maudit Lafayette l'a empêché de vomir ses flammes; de manière que le Châtelet subsiste encore, et, qui pis est, la procédure aussi. J'ai pris alors d'autres dimensions. En guerre, les ruses doivent être permises. J'ai engagé Lameth à tenter tout pour supplanter Lafayette: c'était lui proposer ce qu'il convoite depuis longtemps. J'ai fait parler par tout Paris de ce nouveau choix; et il n'en est résulté que des adresses de plus à Lafayette, dans lesquelles la garde nationale lui promet plus de fidélité encore que jamais, et les grenadiers même ne parlaient déjà plus que de sabrer le Lameth s'il osait seulement penser à renverser leur général.

Ce coup manqué, j'ai fait pendre par nos brigands quelques malheureux, sous le spécieux prétexte de punir des voleurs, mais au fait pour ramener ces beaux jours où l'on faisait pendre et traîner dans les ruisseaux les gens dont on voulait se débarrasser; mais, *ô Tempora! ô Mores!* Lafayette est encore là qui nous arrête tout court, et sauve de nos mains, par le coup le plus hardi, une victime que nous allions juguler. Ah! Monseigneur, non, vous n'avez pas d'ennemi plus terrible que cet homme-là. Non, tant qu'il sera là, Louis XVI sera roi, et madame de Buffon n'aura jamais le plaisir de pouvoir jouer le rôle de la Montespan.

Aujourd'hui cependant je reçois une bonne nouvelle. Ce Mounier que nous avons fait sauver à Grenoble, nous venons de l'en chasser encore. C'était pour vous le témoin le plus dangereux pour cette catastrophe du 5 octobre. Il était assigné et s'apprêtait à répondre et à dire sur notre compte de ces vérités qui menacent un homme de l'échafaud. Cinq ou six émissaires que j'ai envoyés ont tant travaillé les habitants de Grenoble, qu'il a été obligé de prendre la fuite, et, du moins pour quelque temps, nous n'aurons rien à craindre de ce côté-là.

Je vous avouerai, Monseigneur, que mon courrier de Marseille ne m'a pas rapporté des nouvelles aussi satisfaisantes; vos 800,000 francs avaient fait un bon effet, on démolissait déjà; mais ces malheureux ont eu peur d'un décret de l'Assemblée nationale, et ont abandonné l'ouvrage à moitié fait. C'est en vérité bien dommage qu'une aussi forte somme soit perdue inutilement.

Je m'en console cependant, Monseigneur, parce qu'enfin il faut se consoler de tout, et que d'ailleurs un grand cœur trouve toujours des ressources en lui-même. Je fais beugler Marat. Tous les jours sa feuille (à la vérité elle est bien payée), sa feuille, dis-je, annonce que le 14 juillet prochain sera l'époque d'une grande révolution dans le système actuel. Je vous avouerai cependant que je crains plus ce jour que je ne le souhaite. Au fait, votre cousin est si bon, que ce jour-là sera pour lui le plus beau triomphe dont jamais aucun souvrain ait joui, et tous les Français ne pourront, du moins je le redoute, s'empêcher de se faire tous tuer plutôt que de souffrir qu'on arrive jusqu'à lui.

Je fais crier, parce qu'il ne faut pas rester en arrière, et un parti qui se tait est ordinairement plus qu'à demi battu. Voilà, Monseigneur, l'état actuel de nos affaires : permettez-moi de vous recommander de veiller exactement à ce que les finances ne manquent pas, comme je vous jure de veiller avec le plus grand soin à la distribution.

Ne vous désespérez pas cependant, Monseigneur; je fais proclamer de temps en temps votre retour ici, afin qu'on s'accoutume à entendre prononcer votre nom et voir quelle impression il fait dans le public. Mais, au fait, je ne vous conseillerais pas d'oser reparaître, car je ne répondrais pas que, sans égard pour votre qualité, on ne se crût en droit d'établir votre domicile dans quelque prison.

Ce dernier avis, Monseigneur, doit vous prouver combien je vous suis attaché, et une justification dont la base ne roule que sur des faits qui vous sont si bien connus, que vous en avez vous-même commandé l'exécution, ne laissera, je l'espère, aucun doute dans votre esprit.

J'attends vos ordres avec respect, et je ne manquerai pas de vous faire part des événements qui vous intéresseront.

J'ai l'honneur d'être, monseigneur (ah! que ne puis-je dire, Sire de V. M.), le très-humble et dévoué serviteur.

Signé : LACLOS.

Paris, ce 17 juin 1790.

Nota. Cette lettre se trouve dans un portefeuille des Archives nationales, sous le n° 613, avec cette suscription : Rapports, opinions et écrits divers publiés depuis 1789 (BOURBONS-ORLÉANS). Elle a été publiée peu de temps avant la mort de Laclos et réimprimée en 1852 dans un ouvrage intitulé : *Histoire et politique de la famille d'Orléans*, signé Delassale, Paris, Dentu.

EN VENTE A LA MÊME LIBRAIRIE :

LE SALON

COLLECTION DE GRAVURES

ET

LITHOGRAPHIES D'ART

D'APRÈS MM.

E. DELACROIX, MULLER, TROYON, DIAZ, BONVIN.
ROQUEPLAN, F. DE MERCEY,
MEISSONNIER, ROSA BONHEUR, ETC., ETC.

à 1 fr. 25 cent la Feuille.

---

1. **L'APPEL DES CONDAMNÉS**, gravé par M.-E. HÉDOUIN, d'après. . . . . MULLER.
2. **L'ÉCOLE DES ORPHELINES**, gravé par MASSON, d'après.. . . . . BONVIN.
3. **L'ABREUVOIR**, lithographié par J. LAURENS, d'après. . . . . TROYON.
4. **LA SOLITUDE**, lithographiée par J. LAURENS, d'après.. . . . . DUPRÉ.
5. **UNE VÉNUS ET 2 AMOURS**, lithographiés par J. LAURENS, d'après.. . DIAZ.

6. **L'INNOCENCE EN DANGER**, lithographiée par J. Laurens, d'après. . . Diaz.

7. **LAVANDIÈRE**, gravée par Masson, d'après. . . . . Tessón.

8. **LA VÉNUS A LA ROSE**, lithographiée par J. Laurens, d'après. . . . Diaz.

9. **LE CONCERT**, gravé par Carey, d'après. . . . . Chavet.

10. **UNE ODALISQUE**, lithographiée par J. Laurens, d'après. . . . . Baron.

11. **UN MÉTIER DE CHIEN**, gravé par Masson, d'après. . . . . Stevens.

12. **LA FERME**, lithographiée par Anastasi, d'après. . . . . Dupré.

13. **LE FUMEUR**, lithographié par J. Laurens, d'après. . . . . Decamps.

14. **PAYSANNES**, gravées par Masson, d'après. . . . . Roqueplan.

15. **ANIMAUX DANS LA MONTAGNE**, lithographiés par J. Laurens, d'après. . . . . Rosa Bonheur.

16. **L'ÉDUCATION DU GEAI**, gravée par Carey, d'après. . . . . Guillemin.

17. **LA MORT DE MONTAIGNE**, lithographiée par J. Laurens, d'après. . . R. Fleury.

18. **LA PAIX**, lithographiée par J. Laurens, d'après. . . . . Boulanger.

19. **PAYSAGE EN NORMANDIE**, lithographié par J. Laurens, d'après. . . F. de Mercey.

20. **VÉNUS ARMANT L'AMOUR**, lithographié par M. Braquemont, d'après. Guichard.

21. **LES RAYONS ET LES OMBRES**, lithographiés par J. Laurens, d'après. V. Hugo.

22. **VÉNUS ENDORMIE**, lithographiée par J. LAURENS, d'après. . . . . . . DIAZ.

23. **LE MASSACRE DE SCIO**, gravé par MASSON, d'après. . . . . DELACROIX.

24. **DESDEMONA**, lithographiée par J. LAURENS, d'après. . . . . DELACROIX.

25. **GROUPE DE CHIENS**, lithographié par J. LAURENS, d'après. . . . . . . DIAZ.

26. **CHEVREUILS DANS UN FOURRÉ**, lithographiés par J. DIDIER, d'après. . . . . ROSA BONHEUR.

27. **JUMENT POULINIÈRE**, lithographiée par J. DIDIER, d'après. . . . . ROSA BONHEUR.

28. **ANIMAUX AU PATURAGE**, lithographiés par J. LAURENS, d'après.. . TROYON.

29. **UNE RUE A MARLOTTE**, lithographiée par J. LAURENS, d'après. . . . J. DIDIER.

30. **LES GORGES D'APREMONT** (forêt de Fontainebleau), lithographiées par J. LAURENS, d'après.. . . . . A. DESGOFFE.

31. **LE CHEMIN DES LAGUNES** (Landes de la Gironde), lithographié par J. DIDIER, d'après. . . . . C. MARIONNEAU.

32. **MENDIANTS GRECS** (Morée), lithographiés par J. LAURENS, d'après.. . A. DE CURZON.

33 **SOUVENIR DU LAC DE NÉMI**, lithographié par J. LAURENS, d'après. I. CABAT.

34. **MÉDITATION** (Moine en prière, paysage) lithographiée par J. LAURENS, d'après. . . . . A. DESGOFFE.

35. **UN RÊVE D'AMOUR**, lithographié par J. DIDIER, d'après.. . . . . TASSAERT.

36. **CHARLES IX CHEZ SON ARMURIER ZIEM**, lithographié par J. LAURENS, d'après.................... E. ISABEY.

GRANDES PLANCHES

Prix fort : 5 fr. chaque.

VÉNUS PLEURANT L'AMOUR MORT, lithographiée par J. LAURENS, d'après DIAZ.

LE GÉNIE ET LES GRACES, lithographiée par J. LAURENS, d'après..... DIAZ.

LES PRÉSENTS DE L'AMOUR, lithographiée par J. LAURENS, d'après... DIAZ.

LA FÉE AUX JOUJOUX, lithographiée par J. LAURENS, d'après...... DIAZ.

ANGÉLIQUE attachée au rocher, lithographiée par SUDRE, d'après....... INGRES.

ŒDIPE CONSULTANT LE SPHINX, lithographiée par SUDRE, d'après.... INGRES.

CHEZ FERDINAND SARTORIUS

9, RUE MAZARINE, 9

Vient de paraître à la même librairie :

A TRAVERS L'AMÉRIQUE DU SUD

PAR F. DABADIE

1 vol. In-18 de 400 pages. — Prix : 3 fr. 50 c.

Rio-Janeiro et ses environs. — Les Esclaves au Brésil.— Jacques Arago et l'empereur dom Pedro II. — Le Misanthrope de Mato-Grosso. — Une Élégie au cap Horn. — Superstitions maritimes. — Les Curiosités de Lima. — Les Liméniennes. — Les Brigands du Pérou. — Le Poëte des Andes. — Les Moines de l'Amérique méridionale. — Une Excursion dans la province d'Esméraldar. — Souvenirs de la Plata. — Post-face.

Plus la civilisation se développe, plus s'ouvrent de voies de communications entre les continents, et plus on sent la nécessité de connaitre les mœurs, les coutumes, les besoins et les goûts des peuples avec lesquels on peut, d'un moment à l'autre, se trouver en rapport. Mais, parmi les livres qui, sous divers titres, même les plus ambitieux, ont la prétention de vous guider, combien en est-il qui confondent l'erreur avec la vérité! C'est que les uns sont faits par des hommes qui « ont des yeux et ne voient point, des oreilles et n'entendent point, » et que les autres, suivant une expression consacrée, sont « fabriqués sous la cheminée. »

Aucun de ces reproches ne sera adressé à l'auteur de : *A travers l'Amérique du Sud.* M. Dabadie n'a pas fait un voyage sous la cheminée, car il se borne à parler des pays qu'il a personnellement visités, et il a atteint le double but d'être à la fois neuf et vrai, but trop souvent négligé ou manqué par le temps qui court. Le lecteur qui parcourra avec l'attention qu'il mérite le livre que nous venons de mettre en vente, est sûr de connaître aussi bien qu'on le peut de loin, le Brésil, le Pérou et la Plata. Disons mieux, les habitants de ces pays eux-mêmes seront surpris de voir qu'un Français leur révèle des choses qu'ils ignoraient.

Ajoutons, ce qui ne gâte jamais rien, que l'ouvrage de M. Dabadie est écrit d'un style qui, à une clarté admirable, joint une rare élégance. En un mot, il renferme tous les éléments d'un succès légitime et durable.

www.ingramcontent.com/pod-product-compliance
Ingram Content Group UK Ltd.
Pitfield, Milton Keynes, MK11 3LW, UK
UKHW021146230726
13926UKWH00002B/952